30ª edição

Telma Guimarães Castro Andrade

Rita está crescendo

ENTRE LINHAS ADOLESCÊNCIA

Ilustrações: Alcy

Conforme a nova ortografia

Atual Editora

Série Entre Linhas

Editor • Henrique Félix
Assistente editorial • Jacqueline F. de Barros
Coordenadora de preparação de texto • Maria Cecília F. Vannucchi
Preparação de texto • Lúcia Leal Ferreira
Revisão de texto • Pedro Cunha Júnior (coord.) / Elza Maria Gasparotto
Sandra R. de Souza / Célia R. do N. Camargo

Gerente de arte • Nair de Medeiros Barbosa
Coordenação de arte • José Maria de Oliveira
Diagramação • Elen Coppini Camioto e Lucimar Aparecida Guerra
Projeto gráfico de capa e miolo • Homem de Melo & Troia Design
Suplemento de leitura e Projeto de trabalho interdisciplinar • Veio Libri
Produção gráfica • Rogério Strelciuc
Impressão e acabamento • Gráfica Paym

Dados Internacionais de Catalogação na Publicação (CIP)

Andrade, Telma Guimarães Castro
Rita está crescendo / Telma Guimarães Castro Andrade; ilustrações Alcy. – 30ª ed. – São Paulo : Atual, 2009. – (Entre Linhas: Adolescência)

Inclui roteiro de leitura.
ISBN 978-85-357-0251-4

1. Literatura infantojuvenil I. Alcy. II. Título. III. Série.

CDD-028.5

Índices para catálogo sistemático:

1. Literatura infantojuvenil 028.5
2. Literatura juvenil 028.5

SARAIVA S.A. Livreiros Editores
Rua Henrique Schaumann, 270 – Pinheiros
05413-010 – São Paulo – SP

30ª edição / 2ª tiragem
2022

SAC | 0800-0117875
De 2ª a 6ª, das 8h30 às 19h30
www.editorasaraiva.com.br/contato

811201.030.006
CAE: 602666

ENTRE LINHAS ADOLESCÊNCIA

Rita está crescendo

Telma Guimarães Castro Andrade

Suplemento de leitura

Cada fase de nossa vida traz uma complicação diferente. A puberdade, então, nem se fala! A gente tem de crescer nem que não queira. Bonecas e carrinhos são guardados de vez, aparecem espinhas no rosto, ficamos cheios de dúvidas... Claro que é a idade em que se começa também a namorar, mas alguma vantagem tinha que ter! Entre tantas transformações é na adolescência também que costumamos ouvir de nossos pais: "Você já está grandinho para essas coisas". Podemos até achar o máximo, mas no momento seguinte nos dizem: "Pera lá, você ainda não tem idade pra isso!".

É bem nessa fase que se encontra Rita, a protagonista de *Rita está crescendo*. Escrito em forma de diário, esse livro nos conta, de forma divertida e emocionante, o dia a dia dessa simpática menina dos dez aos treze anos.

Por dentro do texto

Personagens e espaço

1. Que tal descrever Rita com as suas palavras? Não se esqueça de que ela é a chamada *púbere*, ou seja, está num período da vida definido como de transformações físicas e psicológicas da pessoa – assim, descrever Rita é também descrever as transformações pelas quais ela vai passando.

2. Como é a família de Rita?

3. Pelo que você leu, e apreendeu nas entrelinhas, onde se passam as aventuras de Rita? Parece-lhe ser uma cidade pequena ou grande? E em que região do país?

Linguagem

4. Dentre os itens abaixo, assinale os que caracterizam a maneira de Rita se expressar nos diálogos e em seu diário:
   a) Abreviação de nomes próprios.
   b) Trocadilhos, jogos de palavras e onomatopeias.
   c) Rimas e outros recursos poéticos.
   d) Termos formais, como os usados pelos adultos em determinadas situações, como reuniões sociais, por exemplo.
   e) Diálogos curtos e rápidos.
   f) Coloquialidade, isto é, expressões e palavras típicas da linguagem falada.

5. Em dado momento, Rita declara que "odeia Inglês". Entretanto, vive usando expressões e palavras em inglês, como, por exemplo, chamar seu irmão de *brother*. Você também faz isso? Cite alguns termos.

6. Há palavras estrangeiras como *show* e *shopping* que constam até em dicionários de língua portuguesa, ou seja, que foram integradas à nossa língua. Você conhece outros exemplos de estrangeirismos? Cite alguns.

Enredo

7. Quando Rita começou a mostrar curiosidade de fumar, os pais lhe ofereceram cigarro e a "incentivaram" a fumar até enjoar, e assim ela desistiu de pôr cigarro na boca. O que você achou desse método, usado pelos pais dela a fim de produzir uma não fumante?

8. Rita vai estudar na casa de uma amiga e lá encontra várias outras pessoas, algumas delas fumando maconha. Releia o capítulo 'Parecia festa' e pense um pouco sobre o conflito de Rita. Ela fica dividida entre querer se integrar à turma, não ser olhada como diferente e não ser levada a fazer uma coisa que ela, intimamente, não sentia vontade de fazer – e que não faria, se fosse por ela e só por ela. Depois, o irmão a conforta, e até se oferece para arranjar maconha, se ela quiser experimentar. O que você acha desse trecho? Faça um comentário, dizendo o que você faria se estivesse na situação de Rita.

9. No final do livro, Rita faz um balanço dos três últimos anos, baseada em suas anotações no diário. Você concorda com as conclusões dela? Haveria coisas que ela não destacou que você

acha importantes? Acha que ela "viveu bem" o início de sua adolescência? E, finalmente: você ficou gostando mais de Rita agora do que no começo da história? Por quê?

___

___

___

Produção de textos

10. Na página 11, Rita escreve:

> "Grande pra uma coisa, criança pra outra.
> Grande bastante pra lavar e passar.
> Pequena para voltar tarde.
> Grande pra quê?"

Pois é... há uma idade em que somos grandes demais para certas coisas e ainda pequenos para outras. Claro que essas relações nunca são estabelecidas por nós, mas por quem já se sente liberado, em termos de idade, pelo menos, para fazer o que bem entender. Aproveitando essa contraposição entre grande e pequeno, que tal fazer um texto de opinião que descreva a pré-adolescência, as encucações, as transformações, as coisas boas, etc.?

11. Podemos escrever muitas coisas num diário: o que acontece, o que pensamos, nossas esperanças e nossos medos em relação ao presente e ao futuro, até histórias inventadas. É uma boa maneira de desabafar a raiva, ou de expressar o que sentimos de mais importante e mais profundo. Que tal experimentar? Mantenha anotações num diário por um mês, mais ou menos. Escreva tudo o que achar importante, mas não se obrigue a escrever se não achar que tem alguma coisa que mereça ser anotada. Depois,

releia, faça um balanço do que aconteceu na sua vida e na sua cabeça nesse período, como Rita faz no final do livro. Quem sabe você descobre coisas surpreendentes a seu respeito?

Atividades complementares

•

(Sugestões para Ciências, Cinema, Literatura, História e Geografia)

12. Vejamos o que está escrito no verbete *menstruação*, de certo dicionário:

[...]

"Perda fisiológica de sangue de origem uterina, de caráter cíclico, e que, habitualmente, retorna a cada período de cerca de quatro semanas, desde que não tenha ocorrido gravidez durante a fase em que a mulher e as fêmeas em algumas outras espécies de primatas se encontram em período de reprodução."

(Aurélio Buarque de H. Ferreira. *Novo Aurélio século XXI*. Rio de Janeiro: Nova Fronteira, 1999.)

Entendeu? Certamente faltaram alguns esclarecimentos para que você saiba direitinho o que acontece no corpo das meninas durante a menstruação. Então, que tal se aprofundar mais no assunto, iniciando uma pesquisa a partir dos termos do verbete acima cujo significado você não conhece?

13. Ao voltar da *licença-maternidade* (um direito assegurado à mulher pela Constituição), a mãe de Rita se vê obrigada a trocar de emprego, pois, no hospital onde trabalhava, preferem uma enfermeira sem filho pequeno. Rita fica perturbada com essa injustiça: "Ninguém pode casar? Se casa não pode ter filhos? Filho já nasce grande? E com homem, como é que faz?" (p. 41). Vamos

Para os meus 40 primos
e as amigas que leram a história,
antes mesmo que ela virasse livro.

Sumário

De como fiquei mocinha

– Ficou mocinha! Que barato!

Acho que minha mãe não sabe que toda garota fica menstruada um dia. Que palavra e que estado horroroso!

– Puxa! Tão cedo! Você nem aproveitou as bonecas!

Engraçado... Eu nunca curti boneca. Minhas amigas dando mamadeira, trocando roupinha, e eu fazendo outras coisas. Escrevendo em diário e pegando mangas no vizinho, por exemplo.

– Olha, filha. Aqui tem absorvente. Se você tiver cólica, fale comigo que eu te faço uma bolsa de água quente e te dou um remédio.

Todo mundo ficou sabendo lá na classe. Também, estava escrito na minha testa: *estou menstruada.*

Falei com a professora Mariazinha:

– Dá licença pra eu ir ao banheiro?

As meninas morreram de inveja. Eu era a única! Elas que continuassem a brincar de bonecas, trocar papel de carta, que eu tinha era de trocar meu absorvente...

Tive cólica no dia seguinte. Aí eu soube o que era esse saco.

Não fui à piscina. Queria ficar na cama.

Meu pai me olhava com pena, mas chegou a dar uma piscadinha pra mim e uma risada boba.

Mamãe trouxe uma bolsa de água quente.

– Queria ser homem, mãe!

Meu irmão fez o favor de contar aos amigos:

– A Rita está de bandeira japonesa hasteada. (A bandeira vermelha do Japão combinava bem comigo!)

De como me enchi de ser mocinha

– Nossa, Ri! Quanta espinha!

Primeiro foi a Gi que percebeu.

Pensa que eu já não havia notado?

Passei um monte de base e pó da mamãe em cima delas.

Fiquei horrível. Meu rosto parecia uma cratera disfarçada.

Cheguei em casa uma pilha.

Joguei os cadernos do Rodolfo, que estavam em cima da minha cama, tudo no chão.

Deitei e chorei.

Papai chamou pra jantar:

– Rita... Rita... Ritaaaaa!

Droga de nome. Só por causa de uma Rita Hay... não sei o quê. Rodolfo Valentino não sei das quantas e Rita Hay...

Meu pai abriu a porta e foi logo dizendo:

– Você já é uma moça. Não dá pra tirar essa tralha do chão?

Essa outra foi da minha mãe, no jantar:

– Rita, hoje é a sua vez de tirar a mesa.

Adiantou eu dizer que tinha uma pilha de tarefa? E a minha cólica? Ninguém ia respeitar?

Não. Ninguém ia.

– Vamos, vamos, você já tá bem mocinha.

O que me mata é o sorriso do Rodolfo. Acho que ele copiou o sorriso do R. Valentino e misturou com o do Boris Karloff, um ator de velhos filmes de terror.

Sabe aquela risada de irmão mais velho metido a besta?

Ele tem muito mais espinhas que eu.

É um verdadeiro jardim de cravos.

Preferia ser criança

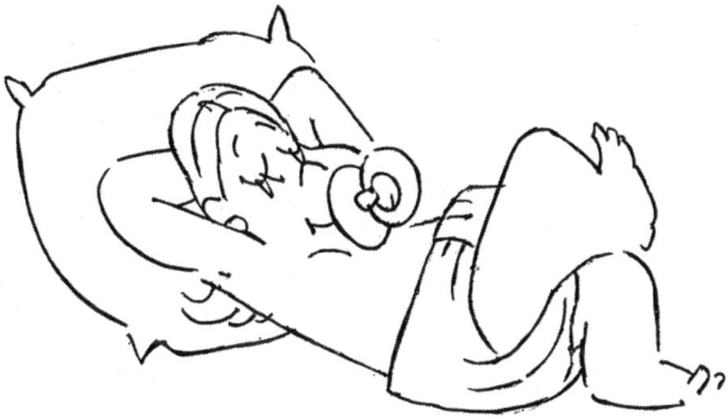

A professora Mariazinha mandou um bilhete pra mamãe: "Rita tanto gosta de copiar dos outros na prova como de ensinar".

Papai não ligou muito.

– Ê, Rita... Olha lá, hein?

Mamãe ficou pê.

– O que você fez na prova de matemática? Colou? Ensinou? Que vergonha! Fim de semana sem sair.

Não liguei.

Fiquei brincando com a Lu, minha priminha. Ela só ri. Também, com um ano só, não sabe como é duro ser grande.

Grande pra uma coisa, criança pra outra.

Grande bastante pra lavar e passar.

Pequena para voltar tarde.

Grande pra quê?

É fácil acabar com seu irmão

Faz tempo que a Renata fica falando que meu irmão é lindo.

Outro dia, veio com aquela conversa:

– O Rodolfo tem namorada? Puxa, ele é alto, né? Eu já vi o Rô jogando basquete. Não errou uma.

– É? Coitado, até que ele se esforça...

– Por quê?

– Tem cada unha encravada que nem dá pra botar o tênis. O dedão tá sempre inflamado, com pus.

A cara de nojo que ela fez foi ótima. Parecia que tinha uma barata cascuda na boca.

O duro é que nem fazendo cara feia ela consegue ficar feia. Tem o cabelo liso que eu queria ter, o rosto sem espinhas, umas lindas pernas magras e, para acabar comigo... olhos verdes.

A bandida levantou, me olhou e disse bem alto na cantina, pra quem quisesse ouvir:

– O dedão ele conserta. Agora, essa sua bundinha é dose. Só fazendo muito regime.

Só é magro quem consegue

1º DIA DE REGIME

– Mãe, quero um bife sem gordura.

2º DIA DE REGIME

– Só salada, pai.

3º DIA DE REGIME

– Comi três sonhos de *cha-cha-cha* no quarto, escondida.

4º DIA DE REGIME

Não almocei. Não jantei.

Rodolfo, com aquela magreza horrível, passou com uma lata de leite condensado bem na minha cara. Mergulhava bolachas e comia.

– Vai uma pra gorducha?

5º DIA DE REGIME (MADRUGADA)

Arrombei uma lata de leite condensado, assaltei um pão com manteiga e açúcar, bafei gelatina com a mão.

O crime quase perfeito

Desci para o café. Escadas deveriam emagrecer...

– Rita, quando comer gelatina, não deixe cair no chão, tá? Junta formiga. (Meu pai é delicado.)

– O pão integral engorda menos, filha. (Minha mãe é bem direta.)

– Olha como você deixou a mesa: toda melada de leite condensado! (Precisa falar que é o Rô?)

Vou perder o trono

Minha mãe me chamou pra uma dessas conversas "de mãe pra filha". Estava no quarto dela, deitada.

A gente sempre gostou de bater papo, por isso não estranhei.

– Rita, eu sei que é meio esquisito. Não sei como falar... Depois de tanto tempo!

Achei que fosse divórcio. Tava meio na moda entre minhas amigas. Filha de pais separados... Com quem eu iria morar? Será que eu teria uma crise e ia ter que ir ao psicólogo? Nunca tinha ido nem no fonoaudio-não-sei-o-quê e nem a um psicólogo.

Uma bomba: minha mãe, com 37 anos, está grávida. Pô, será que ela não se enxerga?

Meu pai ficou feliz feito passarinho. Saiu do Pronto-Atendimento Veterinário mais cedo e ficou o tempo todo babando em cima da barriga dela. Que barriga?

Ficou falando o tempo todo que vai ser menina.

– Pois tem que ser homem. O Rô tem certeza que é homem. Eu também acho, pai.

Rodolfo saiu e voltou com um uniforme de futebol para criança. Pendurou na porta do quarto dele com um bilhete: "Rodolfo e Renato. NÃO PERTURBE".

Não achei a menor graça.

Pra comemorar

Passei pra 5ª série. Ninguém me segura.

Rodolfo foi pro 1º colegial. Tudo 9, 10. Eu? Meio raspando. Decoreba não é comigo.

Sabe como consegui decorar o nome dos quatro primeiros presidentes? DEFLOPRUCAM. Foi o único jeito. Deodoro da Fonseca, Floriano Peixoto, Prudente de Morais, Campos Sales.

De tarde, a Sílvia passou aqui.

– Vamos tomar sorvete na Ruela?

– Mãe, dá dinheiro?

– Cadê sua mesada?

– Gastei. (Tudo em chocolate, confesso!)

Encontramos a Gi e a Jô na Ruela.

Sílvia pediu um "Sundae no capricho, please", Gi, um "Extra Colegial, tio". Jô atacou de "Paraíso Havaiano, moço".

– Uma água sem gás pra mim.

– Opa, tá de regime, a Ritoca?

Jô é fogo. Vive me esnobando com aquela magreza.

– Olha o seu irmão aí.

Uma peste. Finge que não é nada meu quando está com os amigos. Acha que sou pirralha, pivete, pata, chata, etc. O gozado é que, pra ele, minhas amigas não são crianças.

Rô estava com o Júnior. Gi morre por causa do Júnior. Ele não desgruda do meu irmão.

Não aguentei e pedi "um Feitiço Bahamas Triplo".

Descobri, entre o abacaxi e o chantili, que gosto do Júnior. E me entupi de sorvete.

Bicho novo na família

Não. Não é o nenê. Ainda.

Papai tratou de um vira-lata do Zé Bananeiro, de graça. E o Zé trouxe um peru de presente e um cacho de bananas. Não parava de agradecer:

– Dr. Luiz, muito engrandecido. Num repara não, mas o peru e a banana são de coração.

Rodolfo quis pôr nome no peru.

– Seu Grego.

Ele achou que era um presente de grego.

Eu queria *Dona Flor*... Sem maridos, lógico!

Meu pai foi falando:

– Tem cara de artista. Só faz pose.

Mamãe achou a cara da Hayworth... A tal da Rita.

Como o sexólogo de bicho é papai, e como o peru era macho, ficou sendo: *Valentino Kombi* (de perua) *Hayworth*.

Com direito a nome, sobrenome, filiação (no caso, adotivo), data provável de nascimento, estado civil, CIC e RG "peruano".

Tem zoológico em casa

De uns tempos pra cá, Kombi ficou mais sem-vergonha ainda.

Além desse glu-glu-glu-glu-glu na orelha da gente o dia todo, fica correndo atrás da Brigite Delon.

Brigite chegou na semana passada. A gente ganhou de uma mulher que a mamãe tratou na enfermaria da Maternidade.

O médico estava demorando pra chegar e a mãe acabou por fazer o parto ali mesmo, com um bando de gente olhando em volta. Eram gêmeos: Washington Benedito da Silva e Sebastiana Margareth da Silva. Mamãe foi convidada para ser madrinha dos dois.

A mulher trouxe a galinha – prometida logo depois do parto – do seu próprio galinheiro. Veio com um cartão no pé: "Para a infermera Dona Doutora Eveti por causa de ter cuidado tão bem de mim, do Dito e da Tiana. Assionado – Gertrude Margareth da Silva".

Bri só tem uma perna. Não sei o que aconteceu com a outra. Atropelada por um galo esbaforido dirigindo uma perua? Talvez.

Meu pai cercou um pedaço do quintal com tela de galinheiro – bem longe do viveiro dos passarinhos. Fez um poleiro e colocou os dois lá.

Brigite não se bica muito com o Kombi.

Kombi, na falta de outra perua, corre atrás dela com péssimas intenções. Tentei explicar pra ele que as coisas não são bem assim. Tem que ser glu-glu-glu aqui, có-có-có ali, conversa vai, conversa vem, quem sabe se consegue um final feliz com um "có-glu glu-có"... Mas se peru entendesse...

Na falta, ele quer ir de galinha mesmo. Cotó e tudo.

Arlinda Boca de Forno

Mamãe arrumou uma empregada.

O nome dela é Arlinda.

Perguntou se ela sabia fazer coisas de forno.

Ela respondeu que não.

— Só de geladeira, Dona Ivete. Faço um creme bendito que é uma delícia.

Arlinda é um barato. Tivemos um trabalhão pra ensinar que as "bolinhas verdes" são ervilhas; o "cachu" é ketchup; a abobrinha não morre afogada; o lagarto nunca foi "lar-gato"; a "brigela" é berinjela.

Depois de uns dias ela já estava melhorzinha, mas continuava "afogando" o chuchu, indo ao "sumitério", contando que o sobrinho sarou da "pelamonia".

Ficamos logo sabendo por que o creme que ela fazia sempre tinha o nome de *bendito*: era o único doce que Arlinda sabia fazer. Alguma ex-patroa, de saco cheio, deve ter dito pra ela:

— Lá vem o creme, bendito!

Noite infeliz

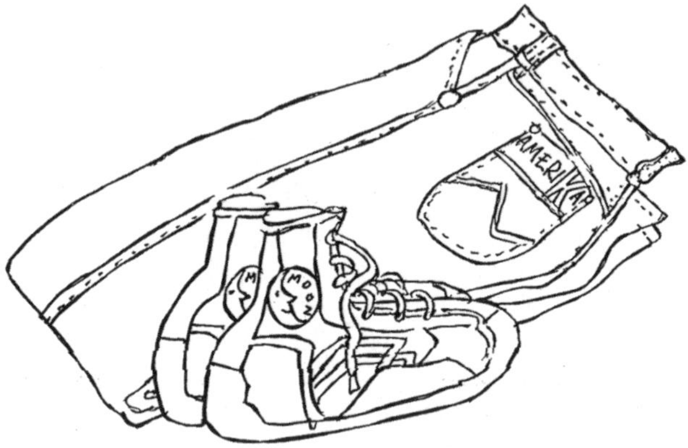

Passei o dia na casa da Sílvia.

Fiquei babando com as roupas dela. Tudo da *Amerika*, tênis *All Moon*... Ela quis me emprestar uma calça, de tanto que fiquei babando... Mas a calça não entrou em mim.

Quando cheguei em casa, minha mãe estava devorando um abacaxi, de puro "desejo".

Tomei um banho e comecei a me arrumar para a ceia. Queria ter um quarto como o da Sil. O edredom é demais, tem mil almofadas, um quadro dela na parede segurando um cachorro e montes de bonecas nas prateleiras.

O que eu ia fazer com tanta boneca? Não sei... Mas bem que gostaria de um quadro meu com cachorro ou gato ou raio que o parta. Mas um quadro magro.

Será que metade de mim ficaria bem?

Decidi vestir uma calça da Loja do seu Abud mesmo.

Meu pai botou uns CDs de Natal do tempo em que onça andava em quintal (onça nem anda nem acho que algum dia tenha passeado em quintal).

Aquela música do "Deixei meu sapatinho na janela do quintal" quase me matou.

(Aqui não dá pra ler, porque eu chorei).

Bateu aquela coisa de "até que eu tenho sorte, tenho pai, irmão, mãe, calça do Abud's, enquanto outros, coitados"... Aquele lance do "estou conformada, agradecida e feliz". Mas não deixo de querer uma calça da *Amerika.*

O Rô levou uma bronca danada porque chegou às oito e meia, suado e fedendo égua molhada.

Às dez horas a mamãe chamou para jantar. Nesse ano, a família não se reuniu. Tia Rose e tio Paulo ficaram no Rio mesmo; tia Lídia em São Paulo e tia Sônia, tio Martins e as crianças em São José dos Campos, com a mãe do tio Martins, a dona Aracy. O resto do povo ia fazer a ceia cada um na sua casa. Ia ser chato.

Papai acendeu as luzinhas da árvore de Natal. Eu queria tanto ter comprado um pinheiro, mas eles acharam melhor aproveitar a árvore prateada de outros carnavais.

A gente sentou pra ceia e demos de cara com um superfrango recheado com farofa. Doce e salgada.

Arroz de forno, maionese, "refrigerante pras crianças" e vinho Chapinha pros grandes. Sobremesa... tchan-tchan-tchan-tchan... *creme bendito e rabanada.*

– Luiz, corta o peru?

– Peru? – Rô perguntou.

– Peru simples? – Eu.

– O do quintal, que estava de engorda. A Arlinda matou e preparou pra ceia... ou peru não é pra Natal?

Não sei se foi papai ou mamãe quem falou... Mas matar! Assassinar o Kombi! Foi demais.

O Rô engasgou e saiu da mesa. Eu fui pro banheiro e vomitei a casquinha pururuca que tinha tirado dele. Dei descarga no Kombi.

Minha mãe e meu pai também ficaram tristes.

Arlinda tinha feito peru de surpresa. E tinha matado o coitado. Só pra mostrar que estava interessada em aprender a cozinhar. Tinha pedido receita de peru à brasileira pra vizinha e deixado em cima do fogão, coberto por um pano, com um bilhete: “dona Ivete. Agora sou de forno. Bom Natal. Arlinda”.

O peru foi parar na casa da dona Nadir – a que o depenou a pedido da Arlinda. Eles – ela, o marido, a sogra e os cinco filhos – não o tinham conhecido e estavam meio a perigo. Dona Nadir passando roupa pra fora (e pra dentro) e o seu Zé 51 se encharcando em pinga.

A rabanada esfriou, a maionese foi pra geladeira e o creme... Esse, sim, foi mais uma vez “bendito”. Foi a única coisa que a gente conseguiu engolir.

Adeus ano velho! Feliz aniversário!

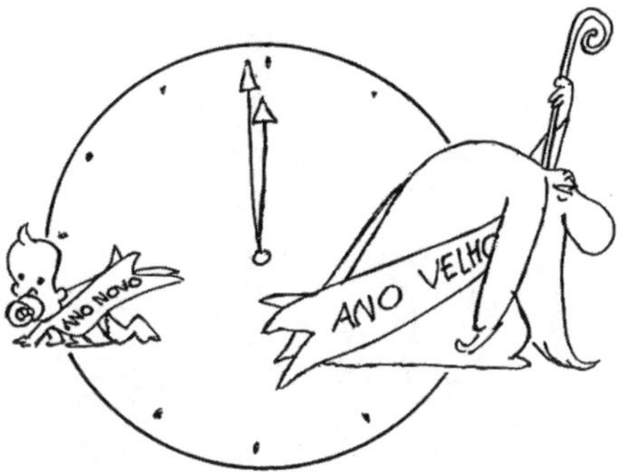

Este ano vai ser diferente. Eu sinto!

Vou estudar mais (quero ser médica), fazer um regime sério, não brigar com o Rô (palavra!) e prometo: vou cuidar do meu irmãozinho.

Comi uvas com caroço e tudo pra dar sorte, usei uma calcinha nova pra dar mais sorte e bebi muita sidra – hic! –, para meu azar. (Que dor de cabeça!)

Feliz aniversário, Ano-Novo.

Pra você e pra mim.

Carnaval na praia

Fomos para o Rio de Janeiro.

Ficamos no apartamento da tia Rose e do tio Paulo. Meio empoleirados, mas ficamos. Carioca não esquenta. Estica colchão aqui e ali, fecha a porta da rua e tudo é cama.

Primeiro e segundo dias de praia, parecíamos lagostas.

Terceiro dia... Cara... Conheci o maior "gato" do mundo. Ele é vizinho de apartamento da tia Rose. Tem um olhar de arrepiar.

Fiquei conhecendo a irmã dele – Marinês – entre uma subida e outra de elevador. Ela me contou que ele toca baixo. Me convidou pra ir assistir ao ensaio da banda dele.

Rô não quis ir. Disse que preferia sair com gente "normal". Não sei bem o que ele quis dizer com isso.

Vesti a minissaia que ganhei no Natal e passei o Love me Forever nº 8, da mamãe. Tomei um banho de Pop Lavanda e desci recendendo a dois tipos de perfume.

"Marineis" – sotaque de carioca – me levou até o Clube XV, onde eles ensaiavam. Tinha um monte de gente lá. Principalmente meninas... Uma mais linda e mais transada que a outra. Apesar de tanta garota, adivinha com quem ele veio conversar? *Comigo*!

Comprou uma cerveja. (Ele tem 17 anos, é bem velho!) Eu pedi uma água.

– Depois do ensaio a gente conversa mais. Não vai fugir, hein?

Imagina. Eu, fugir? *Nunca.*

Começaram a tocar. Não é o tipo de música que curto. Metade dos gritos eu não entendi. A outra metade se dividia em palavrões tipo quando-você-prende-o-dedo-na-porta; viagens por lugares aonde não se vai nem de carro, avião ou trem; pedaços errados do Hino Nacional (a professora Vilma, de Música, teria verdadeiros ataques ao ouvir isso). No final, o tal do Tuca caiu no chão, com o baixo e tudo, esperneando e pondo a língua de fora enquanto todo mundo aplaudia.

– Gostou?

– É diferente.

Achei que seria melhor eu não contar que pensei que ele estivesse tendo um ataque de epilepsia. Já tinha visto um e era igualzinho.

– Seu tio e meu pai são muito *friends.*

– É?

Fiz um ar de "não sabia".

– Você tem cigarro?

– Não, esqueci em casa.

Não sei por que eu menti.

– Você tem um nariz arrebitado, bem arrebitadinho, uma graça.

Aquilo me matou. Nunca ninguém achava nada em mim. Só defeito. Justo nessa hora em que eu ia me desmanchando, apareceu uma pirada gritando:

– Ô Tuca, qual é, me trocando por uma pivete?

Grudou nele e lhe sentou um baita beijo, desses de se arrancar amídala e campainha.

Os dois saíram abraçados, numa boa. E eu ali, numa pior.

De noite o pessoal foi ver o carnaval de rua.

O meu foi um carnaval na cama. Do Rio diretamente para "Lençóis".

Que delícia de aula!

Fim de férias.

Começou a droga do colégio.

Quinta série é fogo!

Sorte tem o Rô, que foi pro 1º colegial.

Ele não suporta sangue. Vai ser engenheiro.

Não caí na mesma classe da Sil, da Gi e da Jô.

Tem um monte de gente que não conheço.

Prova de fogo

Faz dois meses que estou estudando matemática feito uma louca. Não adiantou. Fui supermal na prova.

O Toshiro bem que podia ter me ensinado. Depois que fez o rascunho, fez uma bolinha, amassou e jogou no chão. Passei a prova toda tentando pegar o papel do chão pra poder copiar as respostas. Contorcionista de circo ia ter inveja de mim. Quem foi que disse que gordinha não é elástica?

O sinal tocou e tive que entregar a prova quase em branco.

Saí do colégio e fui pra casa da tia Edna. Ela aproveitou que a Lu tava dormindo e explicou um pouco de matemática, dando um monte de exemplos. Me passou um exercício e prometeu me ajudar uma vez por semana.

Ela bem que podia ser nossa professora. Por que é que com ela eu entendo tudo? Quase tudo, pelo menos...

Fogo de boca

Disfarcei o máximo que pude. Minha cara não era de ter tirado um 4 na prova.

Só que mentira tem perna curta e a Rê tem língua comprida, pois foi logo falando, assim que botou o pé em casa:

– Que azar, hein, Ri? A prova foi tão mole... Dava pra um 8, 9... No mínimo.

Azar mesmo. Rô ouviu, buzinou pro papai, que comentou "de leve" com mamãe.

Aí vieram aqueles "por quês" todos, como foi que aconteceu, não custava nada ter contado antes, mãe é a última a saber, etc., etc.

– Tudo bem, mãe. Eu errei. É que eu tava morrendo de vergonha e de medo de levar bronca. Já falei com a tia Edna. Ela prometeu que vai dar um *help*.

– E você sabe lá o que é um *help* mesmo?

Não. Não sabia muito não, mas a Rê ia precisar de um bem grande por ter aberto aquele bocão dela na hora errada.

Qual a diferença?

Hoje me chamaram de “crente” no intervalo da aula.

Fiquei doida da vida.

Luterana.

E daí?

Respondi pra Gabriela que todo mundo é crente em alguma coisa. Até quem não é crente em nada é crente. Em nada.

Pra piorar, o Dudu foi gritando:

— E ela não corta o cabelo, nem pode fazer transfusão de sangue!

Essa me subiu.

Respondi que ele devia era ter inveja do meu cabelo, já que ele era meio serra-pelada.

— Quer um pouco pra transplante?

Gabi não aguentou e caiu na risada. Disse que a família dela é católica roxa (aí eu perguntei por que não azul), e ela tornou a rir.

O Dudu, que já não tava tão bravo, disse que ele é espírita, e daí cada um ficou falando de sua religião.

Sabe que até que ele não é tão careca assim?

Rê × Rô

Pai, adianta a mesada que eu vou levar a minha namorada no cinema.

– Opa, me conta essa que pra mim é novidade.

Pra mim também foi. Só podia ser a Renata. Ela tinha mesmo conseguido. Deve ter se derretido quinhentas vezes pro Rô.

Na hora do jantar, minha mãe, com cara de "seu pai já me contou tudo", falou, meio derretida:

– Rô, quando chegar, para no quarto e me dá um alô, que eu fico mais sossegada.

– Ah, mãe... Isso é chantagem pra eu chegar mais cedo. Fico com pena de você ficar acordada me esperando com medo de algum assaltante me pegar, e acabo chegando antes de sair. Depois do cinema vai ter um sorvetinho, um sanduichinho, sei lá!

– Não custa nada. Cutuca a sua mãe ou me dá uma chacoalhada que a gente acorda.

– Eu vou estar acordada mesmo, suspirou mamãe, fazendo cara de vítima.

– Posso ir? – perguntei.

– Lugar de vela é na igreja.

A Renata é mais nova que eu e já tem namorado. E eu nem um gato-pingado!

Adivinha quem dormiu aqui?

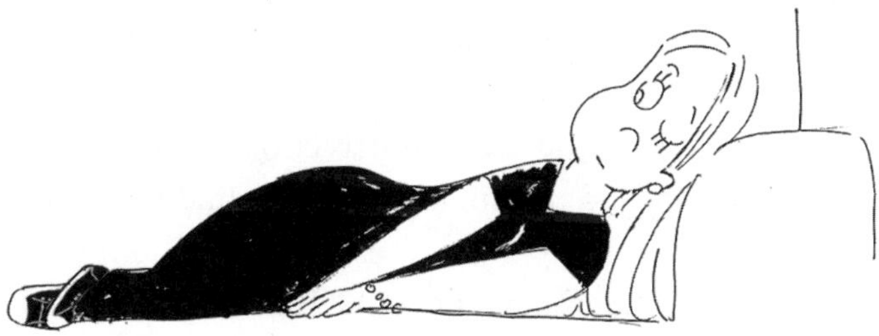

O Júnior.

Quando eu fiquei sabendo que ele vinha, vesti uma camiseta preta, uma calça preta, tênis preto (adoro preto, me deixa mais magra); coloquei um CD do Vinicius – meu pai tem todos –, fingi que dormia no sofá e fiquei esperando eles chegarem.

Abriram a porta da sala. O peste do Rô me cutucou.

– Ô dorminhoca... Acorda. Cê só come e dorme? Marajá!

Acordei disfarçando. Falei "Oi!" e lasquei um beijo no rosto do Júnior.

Ficaram me olhando feito bobos. O Júnior sentou no sofá e perguntou:

– O que é isso que você tá ouvindo?

– Vinicius. De Moraes. Vinicius e Toquinho.

– Curto mais o Podridão Humana.

Ele estava certo. Ele merece. É bem podre. Imagine! Não conhecer Vinicius.

De noite, quando os dois foram dormir, fiquei colada na porta. Estavam falando da Renata!

– Ela é demais! Beija como ninguém.

– Só?

– No cinema, só. Mas no portão do prédio dei uma prensa nela.

– E aí?

– *Uma barataaaa*!!!

Dei um grito e pulei. Arrepiada. Só que continuei agachada no chão, perto da porta. Dura de nojo. Os dois abriram a porta e me pegaram no flagra.

Meu irmão foi o herói da noite. Matou a pavorosa no ato. Só que esqueceu que estava sem tênis e matou a barata descalço.

O Júnior se pelava de nojo.

– Não suporto barata. Que bicho horrível! Nojento!

Pra mim ele é quem está morto. Morto e sepultado. Com medo de uma simples barata?

O pior é que não fiquei sabendo qual foi a prensa. Será que a Renata é dessas?...

Investigadora de araque

Resolvi descobrir o que foi que aconteceu com o Rô e a Rê. Acontece que nunca mais ele falou nela, nem eu vi mais os dois juntos.

No final da semana, teve campeonato de pingue-pongue no colégio. Sempre fui boa no pingue-pongue. Deixei a Sil e a Gi de fora. Na final, acabei jogando com o Dudu. Tive até uma torcidinha que esgoelava "Vai, Ri... Isso, uma casquinha... Melhora no saque..."

Ganheiiiiiiiii!!!!

Pro time das meninas, lógico.

Fomos comemorar na cantina do colégio. Fui dando um jeitinho e acabei conversando com a Renata.

– Vai entrar pra família, é?

– Só se você tiver outro irmão.

Estranhei.

– Brigaram?

– Dei a maior prensa nele. Primeiro veio pegando na minha mão. Tudo bem. Depois veio com esse negócio de beijinho, beijinho. Pô, olha minha idade! Meio cedo pra ir atacando de grandes beijos, não acha?

Puxa, e eu pensando um monte de coisa da Renata!

Achei ela legal. Me convidou pra ouvir uns CDs na casa dela. Telefonei pra mamãe e fui.

Ela não mora numa casa, não. Mora num apartamento pequeno, com o pai e o irmão. (A mãe mora com outro.)

O quarto dela é supertransado. Tem mil ursos, cada um de um país. Ficamos conversando um tempão. Ela me contou que é superchato a mãe morar longe. Ela preferiu ficar com o pai, antes que a mãe dissesse que ela não ia poder morar junto com o quarto ou quinto marido dela, que não era muito chegado a enteadas. A mãe sempre teve muitos namorados, maridos, tios, coisas desse tipo. Não ia dar certo mesmo. Agora ela estava na Inglaterra com um tal de Bill. Tinha mandado um cartão de Londres onde li uma porção de baboseiras, assinado "Mom".

O pai dela dá aulas particulares de voo e paraquedismo. Tá cheio de fotos dele pela parede. Ele é muito bonito.

Fomos pra cozinha. Renata preparou um lanche super-rápido. Quando a gente começou a comer, chegou o irmão, que faz cursinho. Deu um beijo nela, olhou bem pra mim e disse:

– Essa boneca fala?

Não caí dura porque estava sentada.

Primeiro fiquei muda, depois fui me soltando.

Seu Alexandre também chegou, deu um beijo na Renata, no Roberto e em mim. Ficamos conversando na cozinha mesmo, e, depois que a gente lavou a louça, o Roberto veio me convidar pra "pegar um cineminha".

– Deixa pra outro dia. Tá meio tarde e eu tenho que ir pra casa, tá?

Não foi por nada, mas tava tarde mesmo.

Acho que estou mentindo pra você. E pra mim. Não sei por que não fui. Perder uma oportunidade dessa! Acho que todo mundo daria tudo pra sair com ele, mas eu não consegui, na hora do convite, entender por que ele tinha me convidado.

Meu defeito, além de ser uma idiota, é ficar pensando muito em "o que será que ele acha", "por quê", "deve estar matando cachorro a grito", e sempre os etc., etc., etc.

Pelo menos essa tarde serviu pra que eu ganhasse uma amiga de verdade. Sabe o que a Renata falou pra mim? Que adoraria ter pernas como as minhas. Vê se pode!

Será que vou ser leão um dia?

Meu pai foi fiscalizar o Zoo. O lobo andava meio jururu – estão tentando arrumar uma companheira pra ele –, apreenderam cinquenta engradados clandestinos de periquitos, papagaios e araras que iam ser contrabandeados não sei pra onde; o hipopótamo não estava se dando bem com a namorada. Acabou voltando supertarde.

– Leonardo saiu de casa. Bateu no Leo, brigaram e ele venceu. A vida é assim.

– Não entendi, pai.

Minha mãe ria. O Rô também. Só eu estava por fora.

– O Leonardo não vivia com o Leo e a Luana na parte livre do bosque?

– Vivia.

– Pois então – ele explicou –, o leãozinho, quando quer sair de perto do pai para formar a família dele, tem que bater no próprio pai. É o único jeito de provar que cresceu e que está pronto pra enfrentar a vida. Como ele conseguiu mostrar sua força ao pai, agora vai arrumar uma companheira. O espaço deles é muito grande e o que não falta lá é leoa.

– Puxa, será que pra fazer faculdade em São Paulo eu vou ter que continuar brigando com você, pai? – o Rô perguntou.

Todo mundo ficou quieto.

O conto da aliança

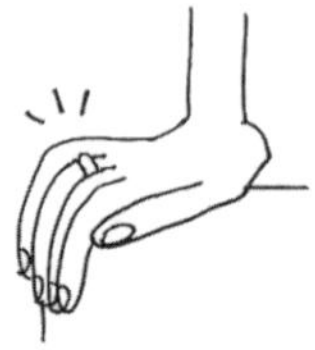

De uns dias pra cá, mamãe ficou mais pesadona. Nunca foi de reclamar. Pediu licença na Maternidade, pois está com as pernas bem inchadas.

– Deve ser o calor.

A Arlinda adora ficar de papo com ela na cozinha. Pede mil palpites, quer saber se fica noiva agora ou ano que vem, conta do irmão que fugiu com a filha da vizinha, fala, fala...

Imagine que na segunda-feira ela apareceu com uma aliança na mão direita, mostrando pra todo mundo.

Minha mãe achou meio estranho, assim de supetão. A aliança é de um amarelo meio esquisito.

– Arlinda, isso aqui não é ouro.

– Credo em cruz, dona Ivete. Fizemo bolo e tudo.

– Se deixar, só pra desencanar, pergunto pro joalheiro.

Terça-feira, a notícia: aliança falsa.

– Não por nada, talvez o Benê não tivesse dinheiro pra uma aliança verdadeira – ficou consolando mamãe.

Meu pai – que se dizia "macaco velho" nessas histórias – procurou saber do tal Benê na delegacia. Ele tem um amigo investigador lá, um tal de Garrido, que informou o seguinte:

– *Casado, pai de quatro filhos, preso por bigamia, arruaceiro, processado por ter atirado numa moça da "difícil vida fácil" no Jardim das Rosinhas. Foragido.*

Arlinda chorou de dar dó.

Quase caiu no "conto do dito cujo", que era o tal do Benedito.

Perdi o trono

Começou assim: dores nas costas, um pouquinho de sangue e, de repente...

– Credo, mãe! Tá caindo água?

– A bolsa, a bolsa... rompeu...

– Que é que eu faço?

Minha mãe tava mais calma que eu.

– Ligue pro papai e pede pra ele vir buscar a gente. Depois avise o dr. Carlos na Maternidade, pegue a minha mala e a do nenê.

Segurei a mala, liguei errado duas vezes, enquanto mamãe, sentada, respirava feito cachorra dando cria.

Eu nem sabia que ela e o nenê tinham mala pronta.

Fomos pra Maternidade. Papai ainda tomou uns três cafezinhos lá. Quanta calma, meu Deus!

Se meus avós fossem vivos, iam estar loucos de alegria. Rodolfo, pra variar, chegou em cima da hora.

Demorou, mas nasceu. E não é ele. É ela.

Vai se chamar Rebeca – como a do filme. Tem olhos azuis e pernas finas. Nunca vai ser gorda.

Meu pai só baba. Meu irmão ri feito bobo. Se fosse homem, aposto que ele não ia rir tanto.

Foi cesareana. O médico disse que na idade de mamãe não ia poder arriscar um parto normal.

Ela trouxe a Rebeca hoje pra casa.

Ainda bem que ela vai ficar no quarto deles.

Noites em branco

Como chora! Berrou a noite inteira.

Tinha que estudar para a prova de inglês e não consegui. Aí fiquei com pena da mamãe e fui balançar o carrinho. A danada segurou meu dedo e não desgrudou mais. Dormiu rindo. Deviam fabricar dedos falsos para que os bebês segurassem.

Meu pai roncava alto. Com berreiro e tudo.

Hoje não consegui assistir aula. Dormi. Dona Tieko me chamou umas dez vezes. Mas eu tinha uma boa desculpa. Pelo menos dessa vez.

Aniversário dá sorte

Teve bolo com velinhas, refrigerante e... tchan tchan... Renata, Toshiro, Dudu e a Sil.

Comemoramos em dobro: era meu aniversário e... passamos de ano. É. Mais um ano se passou...

Faltou meu pai na festa. E o Rô. Papai vai ficar um mês em São Paulo e o Rô foi ver um cursinho. Imagine! Quer ser ecologista.

Eu não sei o que vou fazer. Será que com a minha idade a gente já tem de saber?

A única coisa de que tenho certeza é que estou gamada no Ricardão. Ele mora num prédio novo aqui da rua. Acho que é meio velho pra mim. Tem 19 anos e não tá na faculdade. O que será que ele faz?

Descobri. Trabalha numa casa de som.

Fui comprar um CD com a Rebeca e ela mexeu tanto, que acabou derrubando no chão.

Ele veio, pegou o CD e deu pra mim, segurando na minha mão:

— Pra minha vizinha, tem desconto.

— Obrigada.

— Dá... dá... dá...

Rebeca grudou na mão dele e desviou nossa atenção.

– Ela parece minha filha.

Filha? Será que ouvi direito? Essa palavra caiu como pedra na minha cabeça.

– Não sabia que você era casado.

– Não sou. A menina ficou grávida, não quis a criança... Acabou de ter o nenê e foi embora. A minha mãe ajuda a criar. A Daniela tem um ano e meio.

O papo acabou morrendo aí.

Que sorte eu ser solteira. Solteira e sem filhos. Que sorte!

Amendoim dá zebra

Papai ligou de São Paulo. Ele está na casa da tia Lídia.

O Rô tem ido com ele ao Zoo Safári. São só 15 dias que eles vão ficar lá, mas já estou com saudades.

Mamãe vai voltar a trabalhar. Ouvi numa conversa dela com tia Edna que preferem uma outra enfermeira no hospital. Uma que não tenha filho pequeno.

Ninguém pode casar? Se casa não pode ter filhos? Filho já nasce grande? E com homem, como é que faz?

Meu pai tornou a ligar. Disse que jogaram amendoim pra uma das zebras e ela morreu: lambeu o amendoim do chão, teve uma infecção e pimba! Foi-se. Por causa de um amendoim jogado por um visitante.

Essa não foi uma boa semana.

Colei

Chorei o dia todo.

Odeio inglês. Escrevi uma porção de palavras num papelzinho e enfiei no meio do livro. O professor me pegou no flagra. Dividiu a nota da prova em 2. Fiquei com 3 de prova... Pra quem ia tirar 6!

A Gabriela me animou.

– Já fiz isso também. Da próxima, vê se tem mais cuidado.

Bem que a Cíntia fazia uns sinais, mas eu, na pressa de copiar tudo, não prestei muita atenção, ou não entendi... Sei lá... agora já foi.

O duro é a gozação.

Na hora do jantar, minha mãe percebeu.

Tava a maior bagunça. A Rebeca derrubando comida no chão, meu pai conversando com o Rô sobre o efeito de não sei o quê não sei onde. Mamãe deixou Rebeca no colo do papai e me chamou.

– Rita, vem pra cá.

Me deu aquele olhar de "vai desembuchando". E foi o que eu fiz.

Pensei que fosse ouvir uma puta bronca. Mas ganhei um abraço e uma promessa de "ajudo você".

E uma puta bronca depois!

To be

Não posso nem ouvir falar em inglês.

O Rô só fica me amolando – Rita tchubi, Rita tchudu, Rita tchumeique.

Até meu pai, que não era de amolar, veio com essa:

– "*To be or not to be... that is the question*".

Sheik-ispir-não-sei-das-quantas.

Só sei que, de raiva, Rita vai tchuesmouque.

Parecia festa

Fui estudar geografia na casa da Jô.

Cheguei lá meio antes da hora que a gente tinha combinado. Levei um baita susto! Tinha um monte de gente lá. Todos do colégio. Parecia festa.

Os pais da Jô estão na Europa faz tempo. Ela ficou só com os empregados.

A casa dela é linda. Tem piscina, mordomo, motorista, passadeira, arrumadeira, cozinheira e mais um monte de eiras e eiros.

Fiquei com vergonha da minha roupa. Todo mundo parecia tão na moda!...

O pessoal tava ouvindo música alto. A Gabriela estava com o namorado. O Gabriel tava lindo! O Lico... Esse, então! Demais!

De repente, a Gi começou a fumar!

Ela levantou do sofá e veio soltando fumaça em cima de mim.

– Vai um barato aí?

Já tinha comprado cigarro mentolado no Bar Azul antes de chegar na casa da Jô. Não sei como o seu Joaquim percebeu que era o meu maço... Só sei que trocou a marca barata demais e me deu um "mentolado", para iniciantes no ramo.

Ia fumar tudo o que eu tinha direito. Abri o maço. Coloquei um na boca. Aí bateu um medo muito do besta. Nunca tinha fumado antes.

– Cigarrinho com gostinho de hortelã pra papai e mamãe não ficarem sabendo? Puxa um barato, vai. Por minha conta.

Gabriel falava comigo e ia me oferecendo um cigarro. Igual ao da Gi. Era maconha. Por isso a sala de som estava cheirando ruim pra caramba.

– Nem o meu de hortelã nem o seu baratinho. Não tô a fim.

E guardei meu cigarro mentolado.

Saí dali feito uma bala e peguei a Jô no terraço da piscina. Ela ria feito uma boba.

– Me convidou pra isso?

– Por quê? O que é que tem de mais?

– Sua mãe tá viajando...

– Vai passar lição de moral?

Fiquei com cara de tonta. Todo mundo olhando pra mim e rindo. Teve até alguém que me vaiou. Estava com tanta raiva que joguei a moral pro alto e peguei o cigarro da mão da Gi.

Quando eu ia dar uma puxada, percebi que o pessoal em volta nem tava olhando mais. Fiquei com mais raiva ainda. Eu ia fumar maconha só pra agradar a turma? Ninguém tava mais prestando atenção em mim, se eu ia fumar, sapatear ou sei lá o quê.

Ia jogar o cigarro fora quando trombei com o Gabriel, fumando o dele.

– Onde vai, fresquinha?

– A fresquinha vai se refrescar... Tomar ar puro. Em casa.

E enfiei o meu ex-futuro barato na boca dele.

– Fume dois. Esse mentolado com o maconhado.

Aí, acho que falei alto demais. Se antes eu não apareci, tinha conseguido atrair todos os olhares agora.

Saí pê da vida.

Ainda mais com esse tal de barato, que deve sair caro toda vida.

My brother is demais

Cheguei em casa nem sei como. Parecia uma anta, meio pesadona, o cabelo cheirando a sovaco de paca. (Paca fede muito?)

Me enfiei no chuveiro. Me esfreguei toda, lavei a cabeça umas quatro vezes. O cheiro não estava só na roupa e cabelo. Estava dentro de mim. Podia ter economizado água, porque o tanto que eu chorei — e chorei quente — dava pra encher uma banheira.

Custava ter dado uma experimentadinha? Tinha que dar sermão? O sermão da boa samaritana...

Fiquei com raiva. Raiva de não ter fumado, raiva de ter vontade e de não fazer, raiva de ser assim e de saber que se acontecer de novo provavelmente vou dizer um *não* do mesmo jeito. Raiva de não mudar.

Saí do chuveiro e dei de cara com o Rô. Dei um abraço nele e chorei o que faltava pra esgotar a fonte.

— Nem acredito! Você metida com a Jô, a Gi e o Gabriel? Eles sempre foram da pá virada! Você não sabia?

— Eu ia fumar, Rô. Quase. Mas não tive cabeça. Nem cara.

— Quer experimentar? Eu arrumo.

Quase morri.

— Que jeito?

— Já experimentei, Ri. Quer saber? Não senti nada. Falavam tanta coisa, que dava uma sensação gostosa e tudo o mais... E eu fui nessa. Se você quiser eu consigo, mas não sei se você iria gostar.

Foi bom eu ter ouvido aquilo. A gente nunca tinha conseguido se abrir tão fundo um com o outro.

Pelo menos a droga da maconha tinha servido pra alguma coisa.

Supermom & ultradad

Meu pai ouvindo CD do Vinicius de Moraes e do Tom Jobim.

Minha mãe fazendo currículo.

Eu, passando como quem não quer nada.

– Rita, vem cá.

Meu pai me colocou no colo.

Mamãe, com cara de enciumada, veio vindo.

– Tá uma gata essa filhuca. Conta pra nós essa história da maconha, vai... – ela pediu.

Quis fugir, mas o abraço do meu pai tava meio apertado.

– Por que o Rô foi dar com a língua nos dentes? Ele me dedou.

– Porque ele gosta de você.

Pensei que fosse apanhar, ficar de castigo, comer dez cigarros mentolados e quinze de maconha.

Nada.

Minha mãe fez um discurso, desses de mãe. Meu pai fez um também. Desses de pai.

Eu também discursei. De como fui parar lá, que tive vontade, que fiz sermão e que eu ainda tinha vontade. Pelo menos de cigarro mentolado.

– Toma – ofereceu meu pai.

Com o olho maior que a boca, peguei o cigarro dele... Desses normais, claro!

Mamãe acendeu.

Dei a primeira tragada.

Que delícia!

Por que não tinham me oferecido antes?

I quit!

Eles deveriam ter escrito um livro: "Como fazer seu filho parar de fumar em apenas um mês".

Adivinha! Fumei pela casa como a própria Rita Hayworth faz nos filmes que o papai põe pra gente assistir. Passeando com a mão esticada, ouvindo música e fumando, fumando e estudando. Fiz poesias fumando, fumei pelo nariz, boca e orelhas.

Não tinha graça.

Meu pai acendendo pra mim feito garçom de restaurante. Ele que só fuma cachimbo... Minha mãe nem ligando.

Me enchi de fumar.

Quanto à maconha, mamãe pediu pra eu experimentar em casa, se um dia tiver vontade de novo. Mas com ela. Ela disse que não vai ter coragem de experimentar, mas vai querer ver com que cara eu fico.

Acho que ela quis me testar.

Se quis, passei no teste.

Perdi a vontade de puxar fumo.

Para falar a verdade, de cachimbo eu gostei. Dei uma cachimbada no do meu pai. Ele ofereceu.

Parada

Não sei por que parei de escrever por tanto tempo.

É que tanta coisa aconteceu!

Rô foi pra São Paulo. Teve choradeira, lógico. Entrou em Geologia. Está morando com tia Lídia, mas já começou a procurar um apartamento com dois amigos.

Mamãe está trabalhando numa clínica de médicos. Não ganha muito, mas foi o único emprego que arrumou.

Rebeca está numa escolinha maternal. Mexe em todas as minhas coisas, principalmente nos batons. Um azougue. Uma peste. Uma graça.

Meu pai resolveu escrever um livro sobre "Espécies em extinção". Ele não imagina que vem a ser o próprio. É um pai em extinção.

Estou a-pai-xo-na-da.

Acho que é por isso que torno a escrever. Grandes paixões despertam em mim a escritora que dorme como uma pedra no meu interior.

Essa é pra morrer de rir, não?

Parada dura

O nome dele é Edgar.

O que temos em comum? O nome meio fora de época. Marcelo, Carolina, Rogério, Bruna, André, Bárbara... Tanto nome na moda e aparece uma Rita e um Edgar.

A mãe, professora de literatura norte-americana na faculdade, adora um tal de Edgar Allan Poe, que escreveu um tal de *O corvo*. O escritor morreu alcoólatra. Desconhecido.

Portanto, eu, nome de artista antiga, ele, nome de poeta de história de terror. A gente se conheceu numa sorveteria.

Pra variar, eu pedia sorvete dietético.

– Puxa! Você não prefere um comum, com cobertura?

– Sou gorda assumida. Tudo pra mim tem que ser dietético. Até a roupa.

Ele quase morreu de rir. Tive a confirmação de que toda gorda é engraçada com piadinhas sobre si mesma.

Me convidou pra um cinema.

– Um filme nada açucarado – afirmou.

Achei que seria divertido sair com um desconhecido, apesar de ter uma cara meio conhecida não sei de onde.

Me levou pra ver *Mick & Sandy – O amor mata.*

Um filme sobre drogas... Todos os tipos. Saí de estômago embrulhado, pois o cara do filme passa o tempo todo vomitando. Taí um filme pra ver antes das refeições. Realmente, esse é um filme dietético.

Pegou na minha mão. Coisa meio de antigo, mas que eu sempre gostei. Afinal, meu nome é prova disso. Conversa vai, vem e volta, soube que ele faz cursinho pra Biologia. Contei que não sei o que quero. Já fui e não fui tanta coisa, que não quero ser nada por enquanto. Quem sabe um teste vocacional me ajudasse, mais tarde.

A gente combinou de se encontrar no Cenário, um barzinho novo.

Gostei dele.

O amor também engravida

Renata veio em casa e soltou uma bomba!

Roberto engravidou uma garota.

Ou ela que engravidou ele. Ninguém faz nada sozinho, a não ser que seja pego por dois ou três.

Não conheço a menina. Parece que ela tem 17 anos. Que boba. Não sabia o que era pílula? E ele? Nunca viu camisinha?

Bom, pode ter acontecido de ter estourado. Mamãe sempre disse que eu era tão espertinha, que passei até pela camisinha.

Mamãe entrou no quarto e na conversa. A gente ficou consolando a Renata.

Mãe faz falta. Tem mãe que não, mas a minha faria. Ela contou pra Renata que uma vez, com mil visitas na sala, eu apareci assoprando uma bexiga que não era bexiga. Todos ficaram muito sem graça. Era uma camisinha que eu havia achado na gaveta do meu pai, tirado do envelope e assoprava, assoprava.

Bom, serviu para ele guardar melhor as coisas dele e pra ela me explicar mais coisas, tornando tudo mais fácil.

A gente sempre soube de tudo, vendo bicho no zoológico, cachorro e cadela no quintal, peru tentando pegar galinha. Manhê daqui, paiê dali, chegou a vez da pílula.

– Por que cachorra não toma?

– Cachorra opera, é mais fácil.

Cheguei a assistir operação de laqueadura em cachorra.

Tivemos uma muito sem-vergonha, que na época do cio, por mais gorda que fosse, dava um jeito de passar pela grade e sair por aí abanando o rabinho. Voltava feliz da vida, a dona Filó. E grávida. Não adiantava dar bronca: "que ela era uma cachorra de família, não podia sair por aí à toa"; "que tínhamos namorados em vista pra ela, de família conhecida, quase boa", etc., etc.

Fazia uma cara de cachorro magro – o que não era, pois além de gorda, era bem cachorrona. Nem o rabo entre as pernas colocava, porque tinha rabo cotó.

Daí que papai resolveu fazer laqueadura nela. Isso, depois de umas oito crias (cada vez tinha de seis a oito cachorrinhos). Assistimos a todas.

Bom, da Renata pulei pra cachorra.

O que sobrou disso?

Recebemos no mês passado um convite de casamento do irmão dela e da menina; desses com pombinhos e tudo, com uns dizeres: "assim que nos vimos nos amamos", etc. e tal.

Acho que eu não casaria só por estar grávida.

Talvez ficasse grávida sozinha. Uma senhora solteira grávida. Ou seria uma solteira senhora grávida?

Quem sabe...

Poe

Estou ficando *expert* em Poe. Sabe o que ganhei do Edgar? Allan Poe, *Contos extraordinários*. Devorei. Ele tinha me levado até uma danceteria nova. Dançamos. Brigamos. Um amigo dele, o Martim, piscou pra mim e fez um sinal. Bem na cara do Edgar. Nunca tinha visto ele ficar bravo. Acho que acabou ficando mais bravo porque eu disse que com esse nome ele deveria ficar bravo sempre. É um nome horrível. Pior que Rita.

Me levou pra casa. Minha mãe estava acordada – lógico –, me esperando.

Sempre sei que ela fica esperando e ela sempre sabe que eu sei que ela me espera. Acho que – pra falar a verdade nua e crua, tenho certeza – é um jogo. Um jogo que sempre me faz voltar mais cedo.

Ele não fez escândalo. Disse que eu dei bola pro Martim.

– Ô Edgar, olha bem pra mim... – tentei me explicar.

– Rita, se enxerga, pô! Como é que não vão olhar pra essa franjinha, esse narizinho, esse corpinho e esse olhar sapeca?

Fui abrir a boca pra dizer que ele era um bobo.

Mas ganhei foi um beijo.

E, por incrível que pareça, meu primeiro beijo.

Manhã seguinte (não, não o filme). Um livro do Poe na porta de casa, com um bilhete... "Será que um dia acabo virando seu livro de cabeceira? *Ed.*"

Rita "Lee"

Não, não a cantora.

Annabel Lee. Aquela do poema do Poe.

Achei lindo.

Uns meses atrás, escrevi uma história e um dia ainda deixo o Ed ler.

Pela primeira vez no ano eu me olhei direito no espelho. Tenho mesmo a tal da franjinha, bumbum arrebitado, nariz também, peitos idem. Minha boca é grande. Não sei se olho sapeca. Posso não ser uma Madonna, mas, meu Deus, eu me vi menos feia do que pensava. Nenhum tipo de beleza, sem ser cantora de rock nem ter QI 250. Mas sou bonitinha. Meio cheinha, não adianta. Com todas aquelas manias de querer usar *Maravilhosa Decadência, Toomp, Tênis Pike.* E tenho de me virar com as Latina's Top da vida.

Por que não?

O Ed me deu uma grande dica. Gosta de mim assim. E eu também dele. E um pouco mais de mim.

Em família

Ainda não mudamos para apartamento como todo mundo tem feito.

De que jeito? Com meu pai terminando seu "Espécies raras", interminável; o Rô vindo nos fins de semana com a namorada – uma italiana gracinha chamada Antonieta (Nieta); a Rebeca pintando o sete, o oito, o nove e o dez; e agora também um canil.

No mês passado, papai resolveu ter um hotel "Weekend para cães e gatos" – tipo familiar. Fim de semana é a maior latição e miação em casa. Qualquer dia dá polícia.

Ainda em família

Sentamos pra almoçar. *Arlinda não trabalha mais aqui.* Casou e está esperando gêmeos.

Agora é a Alice.

Estava com medo que ela trouxesse um cachorro "ao molho pardo" pro almoço.

Mas veio uma torta de palmito, suflê de queijo e a clássica maionese dominical.

Mais um ano se passou.

Aniversário. Bolo. Com direito a vela e parabéns.

Fiz um pedido e assoprei tudo.

– Rita!

Minha mãe me chama.

Mutirão para lavar pratos. Até a italiana e o Ed entram na dança.

É, diário... Nessa dança, eu cresci. Não mais pros lados, mas na altura (sem ser girafa). Cresci por dentro.

Colei, grudei, fumei, engordei. Levei bronca (também dei), fiquei mocinha, entrei em festa de arromba, pensei ter perdido o trono, ganhei uma irmã. Emagreci um pouco, escrevi coisas, me abri com você.

Você também cresceu. Ficou mais "gordinho" de confidências, me deixou derramar em você os desabafos, as alegrias, os encontros, os desencontros, as manias, as desarmonias.

Sabe, acho que crescemos juntos. Afinal, foram três anos!... Foi tão bom! E vai continuar melhor.

Vou parar de escrever. Só um pouco. Tenho tanta coisa pra resolver!... Ô diário, sei que você está cheio. Cheio de Rita, de isso e aquilo. De esperar me dar a louca, de eu ficar sem escrever mais de ano. Mas me espera, vai. Espera um pouquinho. Não consigo ficar sem escrever em você por muito tempo. Tenho certeza de que volto logo. Cheia de novidades.

Beijão.

Rita

A autora

Arquivo pessoal

Quando pequena, nunca pensei que seria escritora. Lá em Marília, Estado de São Paulo, onde eu ia crescendo e pintando o sete, pensava em ser professora, pintora, artista... mas não escritora. Fui aluna de intercâmbio nos Estados Unidos, cursei a Faculdade de Letras em Marília, lecionei inglês na rede estadual de ensino em Campinas, São Paulo. Achava que era isso mesmo o que eu queria: dar aulas de Inglês para crianças e jovens. Em casa, fazia o que muitos pais curtem: lia histórias para os meus três filhos à noite. De ler, passei a inventar algumas histórias também. Dia seguinte, as crianças pediam que eu contasse a história da noite anterior... E foi aí que tudo começou. Com medo de esquecer, passei então a anotar as histórias inventadas, passando a limpo sempre que podia – nunca tive uma letra muito bonita! Quando vi, tinha enchido uns dois cadernos bem grossos. Depois de três anos, em 1987, publiquei o primeiro livro e não parei mais. Em 1989, recebi da APCA o título de "melhor autora" com o livro infantil *Mago Bitu Fadolento*, Edições Loyola. Bem, acabei deixando as aulas de Inglês para ficar com os livros de Português, Inglês, Espanhol, didáticos... Pois é: quem disse que eu precisava deixar o Inglês totalmente? Escritor é assim. Ele carrega pra dentro da história todos os seus sonhos, o que gostaria de fazer, como gostaria que o mundo fosse... E, se não consegue, pelo menos faz todo mundo sonhar junto. E, quando a gente sonha junto, tanta coisa boa pode acontecer, não é mesmo?

Telma

Entrevista

Crescer é descobrir um mundo novo, cheio de coisas por fazer, é ter que começar a enfrentar a vida sozinho e extrair da experiência muitos ensinamentos. É isso o que faz Rita. Vamos ampliar nossos horizontes, conhecendo um pouco da experiência da autora dessa história?

EM *RITA ESTÁ CRESCENDO*, A PERSONAGEM PRINCIPAL ESTÁ ATRAVESSANDO A PUBERDADE. QUAIS SÃO SUAS LEMBRANÇAS DESSE PERÍODO?

• Acho que minha adolescência foi parecida com a de um adolescente de hoje: era grande para umas coisas, pequena para outras, tinha espinhas, engordava com facilidade, queria amar e ser correspondida, achava que meus pais preferiam meus irmãos, entre outras coisas. Mas foi uma fase ótima e tenho muita saudade!

POR QUE VOCÊ DEFINIU SUA PROTAGONISTA COM ESSA IDADE?

• Porque fiquei "mocinha" com nove anos e foi terrível! Um caos! Com essa idade, você não sabe lidar direito com uma série de coisas, e muito menos com as mudanças fisiológicas!

A ADOLESCÊNCIA É UMA FASE EM QUE OS JOVENS SÃO QUASE FORÇADOS A DEIXAR DE VEZ DE SER CRIANÇA E, AO MESMO TEMPO, AINDA NÃO TÊM AUTONOMIA PARA FAZER UMA PORÇÃO DE COISAS. DE ACORDO COM SUA EXPERIÊNCIA, COMO A GAROTADA LIDA COM ESSA DUPLA PRESSÃO?

• Os jovens têm mil grilos e acabam batendo de frente com os pais. Mas é uma geração que conversa de igual para igual, e, com o tempo, vai conquistando seu espaço. Acho ótimo!

Por outro lado, a adolescência é também um período de descobertas e de transformações. Como você vê a rebeldia que começa a despontar em garotas e garotos nessa idade? Será que esse tipo de comportamento pode proporcionar algum benefício aos jovens e à sociedade?

• E como! Acho isso bem normal, afinal, os questionamentos fazem parte da vida de todo mundo. Quanto à rebeldia, acho que faz parte da adolescência: rebeldia na roupa, no corte de cabelo, nas gírias, no modo de pensar... Já imaginou que chatice se todo mundo pensasse igual e não discutisse as diferenças? Um bom papo sacode os ânimos. Aliás, sentar e conversar tem que ser algo diário, em relação aos jovens.

É comum se dizer que é nessa idade que se perde o leitor, pois, ao deixar de ser criança, o agora pré-adolescente deixa também para trás os livros lúdicos, divertidos, "fáceis" e passa diretamente aos clássicos, sem estar preparado para isso, ou recebe de supetão livros que ele acha muito áridos, pois lhe mostram a dura realidade da vida. Daí, o jovem se afasta da leitura. Você constata esse fenômeno também?

• Não sinto tanto isso, não. O adolescente parte à procura de livros que têm a ver com ele: Internet, namoro, "ficadas", "roubadas". Cabe a nós, autores, trazer algumas coisas do mundo deles para dentro da nossa literatura. Algo como uma "isca", um "atrativo". Tudo em sua vida é rápido: o namoro, o bate-papo virtual, a tevê com o controle e, consequentemente, a leitura. É hora de tentarmos pôr em prática aquele *take it easy*, "vá com calma", relaxe e aproveite o livro... Com atrativos do seu cotidiano, isso fica muito mais fácil.

A adolescência é também um período em que o jovem começa a descobrir o mundo fora de casa e a traçar suas preferências, alheio ao que os pais querem que ele faça. É quando o garoto e a garota começam a não querer mais jantar na hora de sempre, em casa, nem sair com os pais, nem de ir nos finais de semana para o sítio da família, por exemplo. Como você vê esse afastamento? E, na sua opinião, o reencontro, quando acontece, se dá em que altura da vida?

• Infelizmente, só quando se é bem mais velho. Acho que nós, pais, podemos criar espaços em casa para que nossos filhos tragam *todos* os amigos. É muito mais fácil para observar a galera, os rebeldes "com causa" e "sem causa", para os bate-papos. E não só para dar uma "conferida" na moçada, mas também para "crescer" e aprender com eles! Dessa forma, não teremos esse afastamento e, com certeza, todo mundo vai fazer, vez ou outra, um "programão comunitário"!!!

QUE CONSELHOS VOCÊ DARIA A PAIS E PROFESSORES PARA LIDAR MELHOR COM JOVENS NESSA IDADE?

• Acho que é só lembrar que um dia a gente teve a mesma idade, passou por conflitos parecidos. Não custa nada relaxar e aprender um pouco com os jovens, ler o que leem, assistir aos mesmos programas da tevê ou, simplesmente, ouvi-los e dar aquele colinho gostoso que tanto buscam. Eles têm tanto a nos ensinar, também!!!